모자이크

모자이크

2023년 6월 30일 초판 1쇄 인쇄
2023년 7월 10일 초판 1쇄 발행

지은이 | 이희은
펴낸이 | 孫貞順

펴낸곳 | 도서출판 작가
　　　　(03756) 서울 서대문구 북아현로6길 50
　　　　전화 | 02)365-8111~2　팩스 | 02)365-8110
　　　　이메일 | cultura@cultura.co.kr
　　　　홈페이지 | www.cultura.co.kr
　　　　등록번호 | 제13-630호(2000. 2. 9.)

편집 | 손희 김치성 설재원
디자인 | 오경은 박근영
영업 | 박영민
관리 | 이용승

ISBN 979-11-90566-60-5(03810)

값 12,000원

한국디카시 대표시선

7

이희은 디카시집

모자이크

Mozaic

작가

■ 시인의 말

내 안에 침잠되어 있을 때마다

밖으로 이끌어

비밀 문장을 보여주는

또 다른 언어들로 가득한

2023년 6월

이희은

제2부 서로의 빛을 지켜주었지

제3부 싱그러운 시간이 돋아나

제4부 가만히 앞에 있어 줄게

제1부

눈빛 속 눈빛 다 읽었다

데칼코마니

눈길 걷다가 나를 만났어
수많은 발자국과 그림자로 얼룩진

녹았다가 얼었다가 봄을 기다리는

남과 북

우리 사이
허물어지지 않는 벽 있어도

담장 사이로 나눈 이야기
눈처럼 쌓였다

눈빛 속 눈빛 다 읽었다

데자뷔

지난밤 꿈, 네가 다녀갔지

함께 앉았던 자리

꽃비가 내렸어

취한 듯 우리도 꽃이 되었지

남긴 말

겨울 데리고 먼 길 떠난 그

작별인사처럼 차가운 암호를 남겼네

무슨 말, 하고 싶었던 걸까

전사

봄을 승리로 이끌고
장렬하게 전사한 꽃잎들

봄빛 머금은 바람과 새싹,
다 이루었다고
이들을 기리네

풍장

널 안고 있을게

물기 다 내어주고
화석으로 내 속에 박힐 때까지

깃털 편지

왔다가 못 보고 갑니다

마음 한 조각 놓고 가오니

부디 오월을 잘 건너가십시오

신호

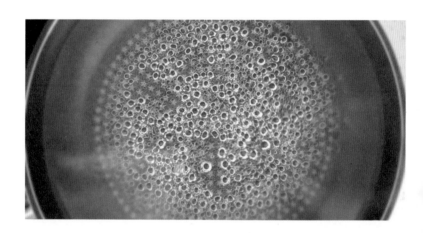

너는 화 폭발하기 전

기포 같은 신호 무수히 보냈었다

내가 읽지 못했을 뿐

봄이라는 연못

어린 금붕어 떼,

봄을 받아먹느라 여념 없다

닮다

예전엔 달랐을지라도, 이젠

서로서로 닮아가는 나이

옆에 앉아 주는 나이

사리

늘 초록이라 여겼던

당신 마음에

한 움큼 사리가 숨겨 있었다는 걸

오늘 아침에야 알았습니다

그늘의 꿈

형의 그림자에 가려

가슴 한쪽이 늘 축축했지

버리지 못한 꿈

명치끝에 숨어 있다가 문득

퍼렇게 돋아나곤 했지

일기의 첫 장

너는 항상 거기 있었는데

오늘 문득 눈에 들어왔지

이제 너만 보여

가슴속에 노랗게 불이 켜졌어

여름이 잘리다

모든 가지가 베어지자
불구의 계절이 태어났다

서두르지 마

어딜 그리 급하게 가느냐고

잠깐 멈추어

본래의 호흡 찾으라고

공중의 등불 환하다

애도

하필 그 자리에 있었다는 이유로, 그는

삶에서 베어 버려졌습니다

시 한 편

시든 말

떫은 말

벌레에게 먹힌 말

찌그러진 말 골라내면

잘 익은 말 하나 있으려나?

제2부

서로의 빛을 지켜주었지

합일

내게서 솔향이 나고

목마르던 너는 촉촉해졌지만

우린 서로의 빛을 지켜주었지

갑남을녀

저 편의 당신과 이 쪽의 나

서로가 자유롭다고 우겨본들

무엇이 다를까

간절기

너의 속마음이

아이스 음료가 필요한 여름인지

온기가 그리운 가을인지 알 수 없어

쩔쩔매던 계절이 있었지

마중

가을이 온다 하기에

긴 팔 옷 입고 마중 나갔더니

맑고 푸른 것은

손 닿을 수 없는 곳에 있더군

웃자란 생각

잘라내야 할까

그대로 두는 게 좋을까

한계

웅덩이처럼 작은 나의 마음으로는

당신의 전부를 담을 수 없었습니다

청춘

누가 보아주지 않아도

푸른 날개 돋아날 듯

한껏 등을 곧추세우던

그런 여름이 있었지

계절의 속도

눈썹 끝에 닿은 너의 입김

사라지기도 전에

한 계절이 지나갔다

히치하이킹

어린순 같던 그녀

속살 내밀며

함께 가자 하더니

지금은 어디에 있을까

관문

함께 앉았던 가을이

후드득, 떨어뜨려 놓은

침묵의 알갱이

속엣말 들으려면 지나야 하는

몇 개의 관문이 있지

반영

같다고 믿었지만

네 거울 속의 나는 물풀처럼 흔들리고

시선의 방향이 다르다

숨 가쁜지, 저 많은 아가미 좀 봐

기일

산마루 넘어가기 전

유리창에 비친 당신 그림자

재빨리 꺼내 접시에 담았디

옆구리에 귀 기울이면

노을이 된, 당신 심장 소리 들릴까

작은 체온

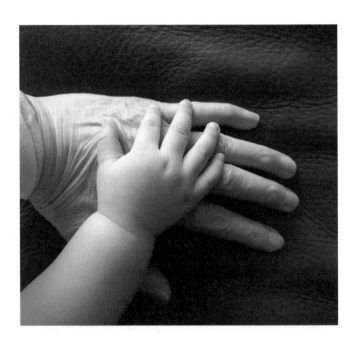

손등에 달라붙은 주름진 마음,

가만히 녹여주네

등반

오늘이라는 시간을 등반했다

너와 함께여서 할 수 있었다

새로운 연주

봄 교실에 모인 어린 눈망울들

재잘재잘, 새로 배운 말을 연주하느라 분주하다

어떤 말을 해도 화음이 잘 맞는다

밀당

그렇지, 숨어 있을 땐
어디 한 군데쯤
슬쩍 보여주어야지

꼭꼭 숨어버리면
포기하게 되잖아

옛 노래

실눈 뜬 불빛 바라보며

함께 부르던 매운 노래

연기에 그을린 음표들이

달의 표면에 올라가 그날을 기록하였다

제3부

싱그러운 시간이 돋아나

빗장 열다

산 자들을 위하여 남기는

살점 같은 유언

죽어서야 풀어보는

끝내 빗장 열지 못하는

묵언도 있었다

봄의 입구

먼 곳에 있던 그대

다시 돌아온다 하기에

숨 가쁘게 시간의 물레 돌려본다

물집

봄부터

얼마나 먼 길 걸어왔기에

이렇게나 많이 잡혔나요

파티가 끝난 후

겹겹 둘러쌌던 눈길

아무리 찾아보아도

내 곁엔 언 그림자만 남았네

외롭지 않은 이유

기어이 다가온 나의 가을에

공감 버튼 누른 이웃들 여기 있으니까요

누구신가

빽빽하던 어둠의 숲에

누가 스위치를 켰나

노을

궁수들 모여, 일제히

활을 겨누었다

곧 서쪽 하늘 과녁이 단풍 들겠다

봄밤

오래 못 본 이들 불러내

꽃나무 아래
한 잔 술 어떤가요

달빛 한 모금, 어둠 한 모금

감전

뼈만 남은 발가락

나도 모르게 밟고 지나왔다

내 발가락도 아팠다

동중정

저 아래 도로를 흔드는 바퀴소리

칡넝쿨처럼 새소리, 바람소리, 꽃잎 떨어지는 소리 다
휘감아 버린다

이 소음 속에서도

한껏 고요를 피워 올리는

초록이라는 당신

모자이크

불빛 오려 붙인 차가운 성벽

밤새워 서성이며 바라보았으나
낯선 나를 만났을 뿐이다

새벽이 되면 조용히 사그라져
밑그림만 남을 빛의 성

귀 기울이다

중심에서 비켜나 작은 틈에서도

꽃을 피우는 이들

발소리에 묻혀 온 많은 이야기 듣는다

큰 뉴스가 놓친 크고 작은 사연들

기회

네가 왔다 가는지도 몰랐다

어디에 서 있었던가, 나는

유월

해마다 유월이 되면

네가 먼저 와 기다렸지

여기까지 오느라 애썼다고

웃으며 반겼지

가이드

혼자 가는 길이라도

든든했던 건

빛과 울타리가 곁에 있었기 때문이지

수경재배

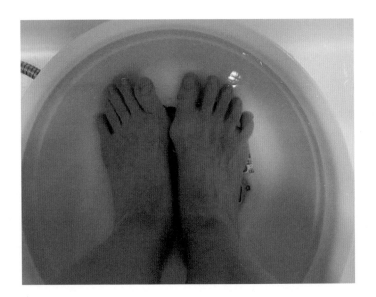

묻은 흙 잘 털어내고

물에 담그면

싱그러운 시간이 돋아나

제4부

가만히 앞에 있어 줄게

기약

꽃 핀다는 건 곧 진다는 거

다음을 기약할 수 없다는 거

지금 이 순간 눈 맞추고

숨결을 느껴 봐

메별*

아주 가지는 않는다고, 너는

노을빛 같은 눈동자
마음 귀퉁이에
도장처럼 찍어 놓고 갔다

*몌별 : 소매를 잡고 작별한다는 뜻으로 섭섭하게 헤어짐을 이르는 말

121

어둠 속을 바라보며

우리 몸이 새카맣게 타기까지

기다려 온

한마디 말씀은 무엇이었나요

모티브*를 잇다

폭염으로 벽시계가 녹아 흘러도

알싸한 향으로

여름을 뜨개질하던 당신

*모티브 : 수예 등에서, 작품을 구성하는 기본 단위가 되는 무늬

묶임

한 끈으로 묶였다는 건

달아나기 힘든 사이가 되었다는 것

뒷모습

너의 뒷모습 보지 못했으나

바람에 흔들리는 눈빛으로
읽을 수 있었다

가만히 앞에 있어 줄게

관객

가을을 연주하는 개울 콘서트에

빛의 관객이 참석했다

물의 소리 결, 한층 맑아졌다

편견

마음 반이 파여 나갔으니

삶의 잎을 피울 수 없다는 생각은

당연히 틀렸다

이태원처럼

남은 시간 얼마 없다고

헤어지기 전 햇살 한 모금하자고

이렇게 모였습니다

적당한 거리 유지는 필수입니다

공존

내 안엔

눈물과 가시, 함께 있더군요

립스틱 짙게 바르고[*]

폭발적으로 말문이 튼 아이

거울 앞에 앉아

붉은 립스틱 마구 문지르며

계절을 열창하네

* 립스틱 짙게 바르고: 가수 임주리가 부른 트로트 제목

홀연히

해마다 이별을 겪은 그도

한 자례 붉은 눈물 쏟은 후에야

겨울 속으로 떠나갔다

문신

가슴에 새겨진 네가 있어

밤은 더욱 어두웠고
햇살은 한 겹 더 찬란했다

공중 부양

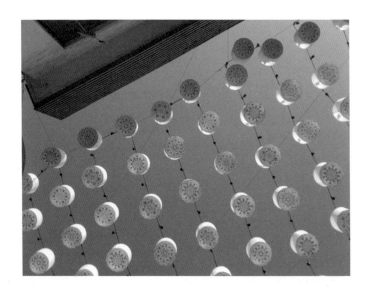

마음이 붕- 떠버린 날
어디 가도 기댈 곳 없었다

흔들리는 중심이 흔들림을 잡고
그냥 그대로 흔들렸다

그래도 괜찮았다

조손 가정

나 떠나더라도

햇살과 바람이 잘 키워주길

환하게 꽃길 걷기를

어루만지다

FM 라디오에서 흘러나오는 음악처럼

필요한 온도로 다가와
꺼칠한 속을 어루만지는